ALFAGUARA

ALFAGUARA INFANTIL

Dichos de bichos

D.R. © Del texto: Alberto Blanco, 2007
D.R. © De las ilustraciones: Patricia Revah, 2007

D.R. © De esta edición:
Santillana Ediciones Generales, S.A. de C.V., 2007
Av. Universidad 767, Col. Del Valle
México, 03100, D.F. Teléfono 5420 7530

Alfaguara es un sello editorial del Grupo Santillana.
Éstas son sus sedes:

ARGENTINA, BOLIVIA, CHILE, COLOMBIA, COSTA RICA, ECUADOR, EL SALVADOR, ESPAÑA, ESTADOS UNIDOS, GUATEMALA, MÉXICO, PANAMÁ, PERÚ, PUERTO RICO, REPÚBLICA DOMINICANA, URUGUAY Y VENEZUELA.

Primera edición: febrero de 2007

ISBN: 978-970-770-786-3

Diseño: Enrique Hernández

Impreso en México

Todos los derechos reservados. Esta publicación no puede ser reproducida, ni en todo ni en parte, ni registrada en o transmitida por un sistema de recuperación de información, en ninguna forma ni por ningún medio, sea mecánico, fotoquímico, electrónico, magnético, electroóptico, por fotocopia o cualquier otro, sin el permiso previo, por escrito, de la editorial.

Dichos de bichos

Alberto Blanco
Ilustraciones de Patricia Revah

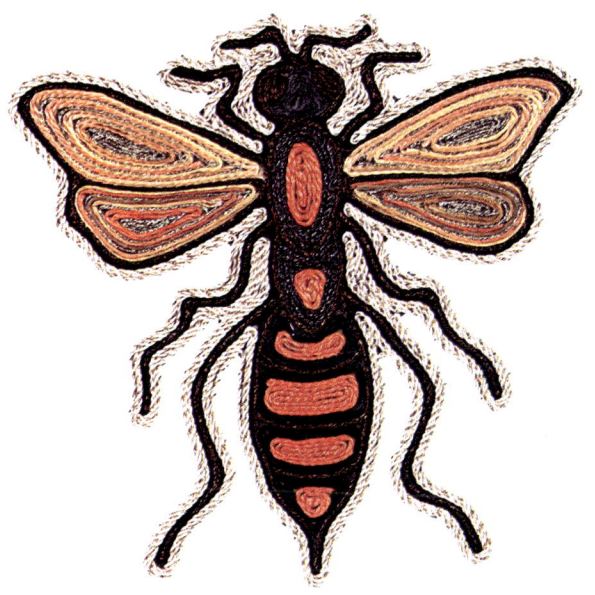

La mosca

Esa mosca que se fija
en las páginas de un libro
no entiende, pero critica,
lo que jamás ha leído.

La chinche

Enchinchar es su destino,
enchinchar es su deber,
aunque para realizarse
deje un año de comer.

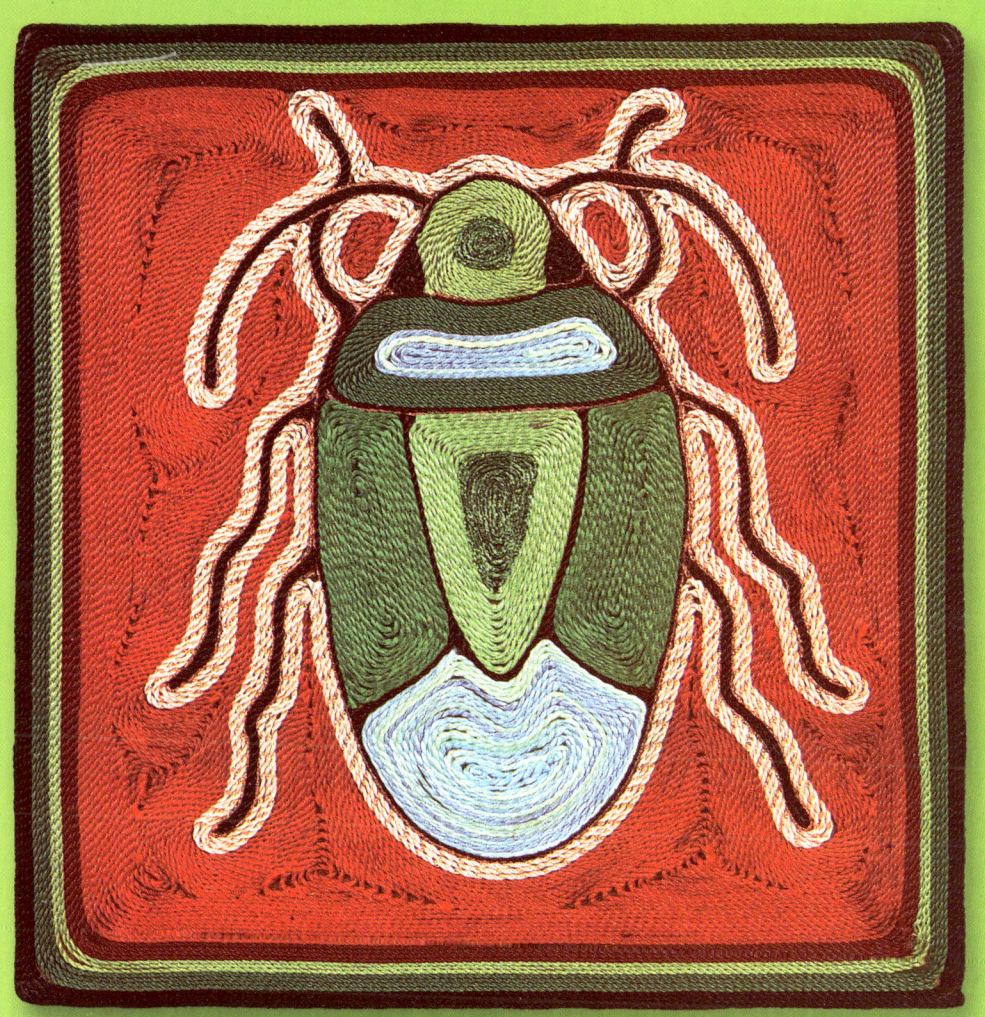

El mosquito

Cuando al mosquito molesto
le aplaudes para ahuyentarlo
le estás dando con tu aliento
un poco de calor humano.

La pulga

A la pulga, por lo visto,
le gusta la buena vida...
y en la cama o en el circo
va siempre muy bien vestida.

La palomilla

Siempre se acerca al llamado
de lo que alumbra y que brilla...
Tal vez por eso le han dado
el nombre de palomilla.

La cucaracha

Aunque por fuera parece
este insecto una carcacha
cuando algún peligro siente
¡sí corre la cucaracha!

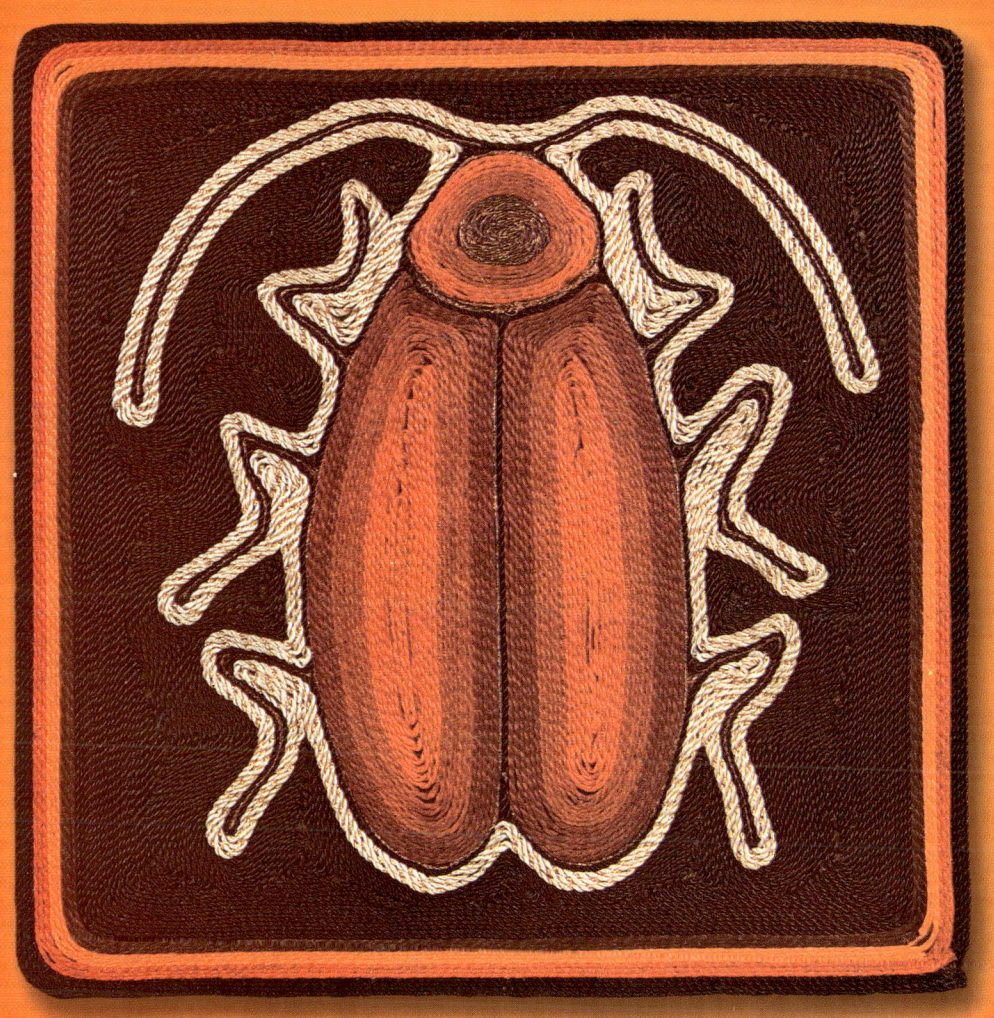

El abejorro

El abejorro se mete
adentro de cada flor
lentamente, lentamente,
para coserle un botón.

Las termitas

Laberintos, fortalezas,
puentes, castillos y torres:
no hay destructores más fieros
ni mejores constructores.

La avispa

¡Es tan bella, es tan bonita,
con tanta gracia y tal chispa...
que parece señorita
con cinturita de avispa!

Los piojos

No está bien cerrar los ojos
a los que padecen hambre...
allá van los pobres piojos
en busca de otra pelambre.

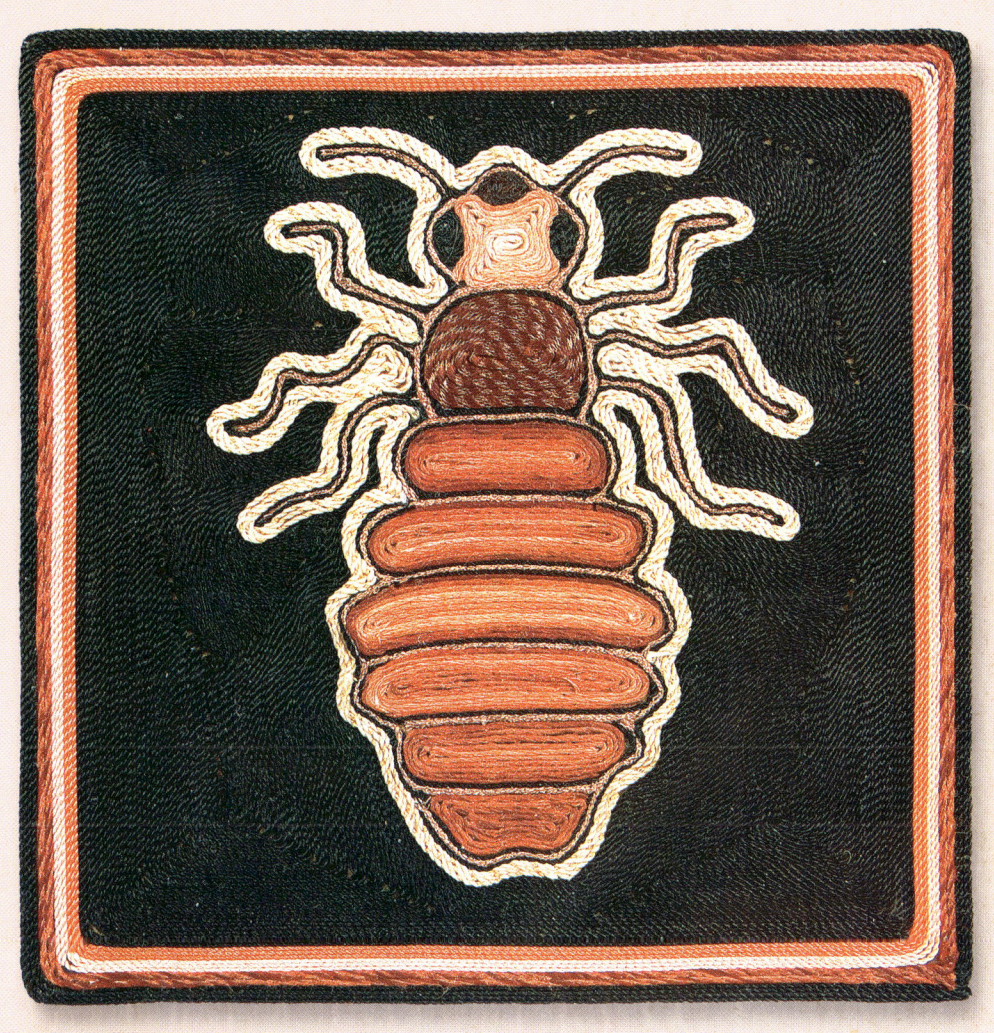

La mariposa

Adonde quiera que vuela
la mariposa y su traje
de luces y lentejuelas
lleva a un gusano de viaje.

El gusano de seda

Los hoyos que hace el gusano
en las hojas de morera
las convierte de inmediato
en un cielo con estrellas.

El caballito del diablo

"Admírame cuando vuelo
y escúchame cuando te hablo"
dijo volando en silencio
un caballito del diablo.

El gusano de maguey

Entre un pulque y un taquito
en las pencas del maguey
este gusano está frito
aunque siga siendo el rey.

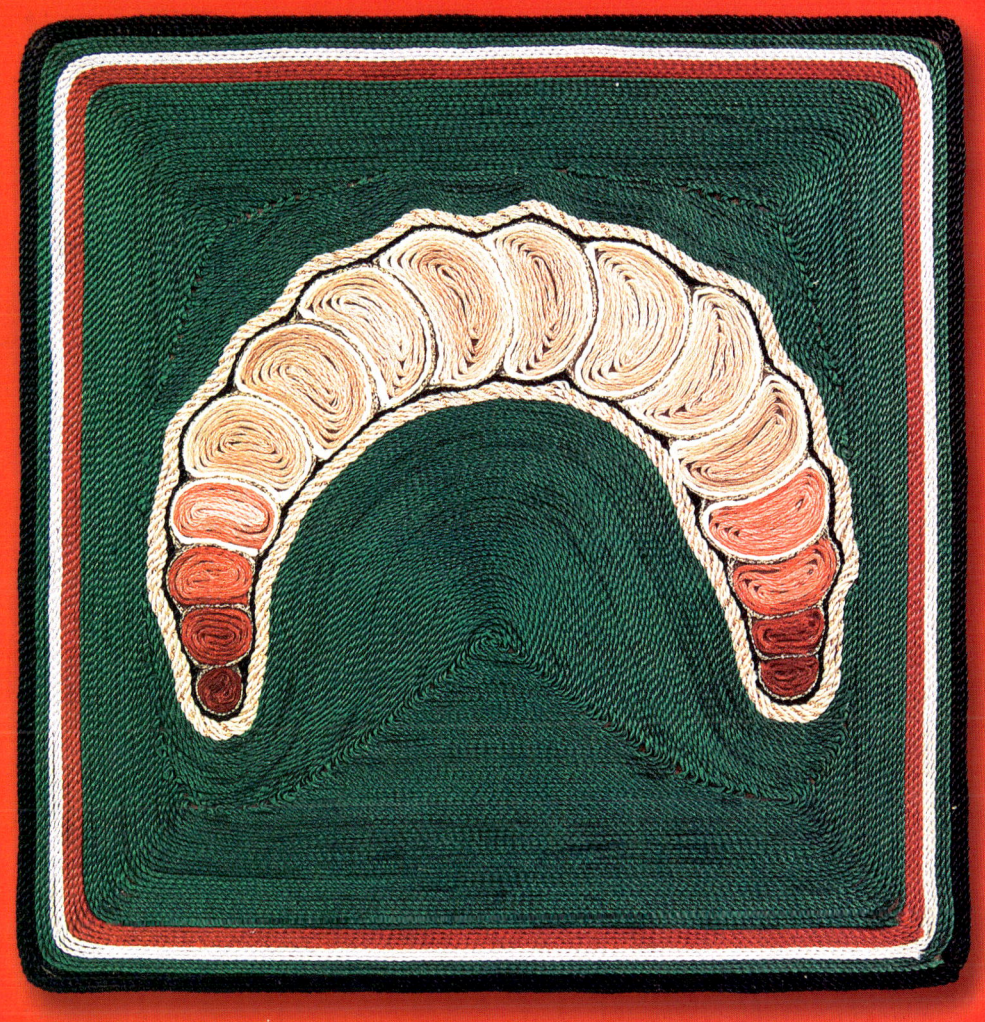

ALBERTO BLANCO

Poeta, ensayista y traductor, nació en la ciudad de México en 1951. Estudió química y filosofía teniendo siempre en mente la poesía. Estudió después una maestría en Estudios Orientales, de tal manera que alguna vez habló chino. De sus estudios de esta lengua, le quedan el amor por la poesía de la naturaleza y por las formas breves, como fácilmente puede verse en este libro.

PATRICIA REVAH

Tejedora e ilustradora, nació en la ciudad de México en 1954. Trabajó con telares por muchos años antes de comenzar a desarrollar sus ilustraciones tejidas, bordadas y aplicadas. Ha compartido con el poeta Alberto Blanco, más de 30 años de matrimonio, así como dos hijos —Dana y Andrés— y muchísimos trabajos, aventuras y viajes. Este es el séptimo libro que hacen juntos.

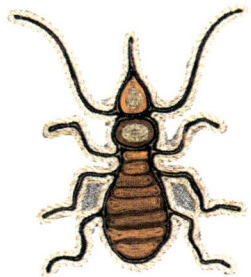

Este libro se terminó de imprimir en febrero de 2007
en Priz Impresos, Sur 113-A, Mz. 33, Lote 19, col.
Juventino Rosas, 08700, México, D.F.